¡Qué animales!

Eduardo Bustos • Lucho Rodríguez

EDICIONES
TECOLOTE

Hipo trae sólo su nombre,
simpático y muy obeso,
y puede que nos asombre
al nadar con tanto peso.

Hipopótamo

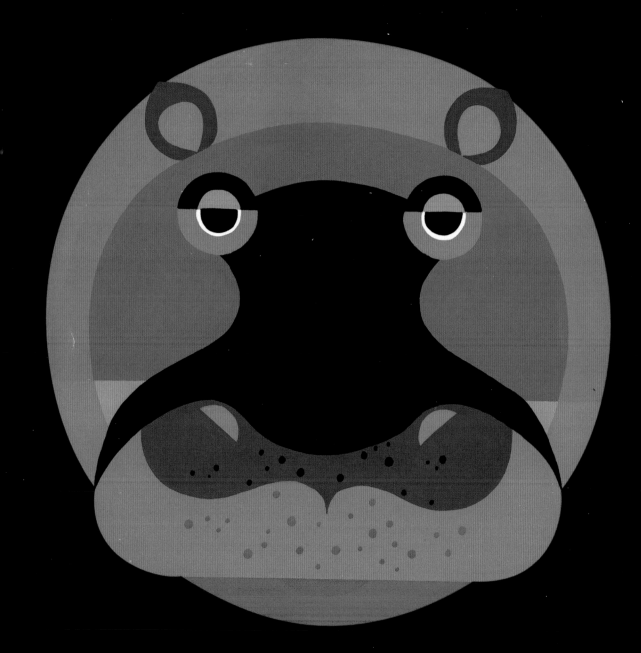

Sin competir en carrera
para ganar no me tardo,
voy tan veloz como dardo
para alcanzar a cualquiera.

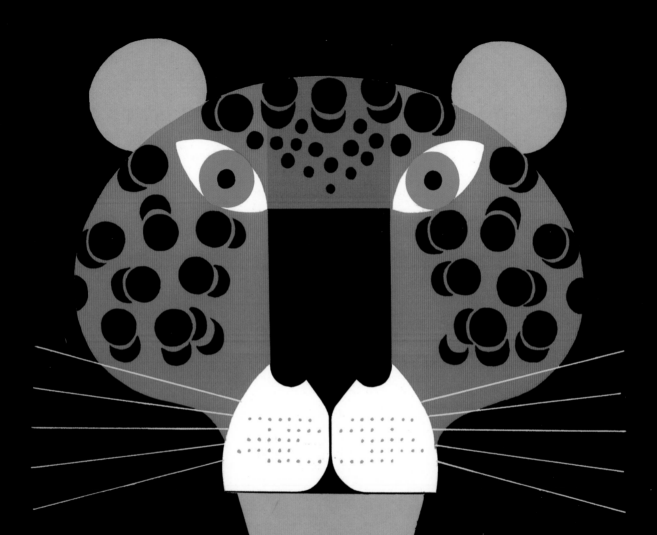

Feliz en Australia vivo
en la copa de un gran árbol,
y mi alimento consigo
para el bebé que atrás cargo.

Koala

Mi sonrisa es permanente
no porque ande muy contenta,
casi siempre estoy hambrienta
y me pongo algo impaciente.

Hiena

No le gusta la playa,
es doméstico y salvaje;
vive en el monte Himalaya
con su lanudo pelaje.

Algunos tienen dos dedos
otros más cuentan con tres,
no se meten en enredos
y en comer tardan un mes.

Que es astuto lo sabemos;
cual famoso personaje
en las fábulas lo vemos,
ni serio ni tan salvaje.

Zorro

Los anteojos no se quita
porque los trae noche y día,
y aunque no los necesita
siempre son su compañía.

Oso de anteojos

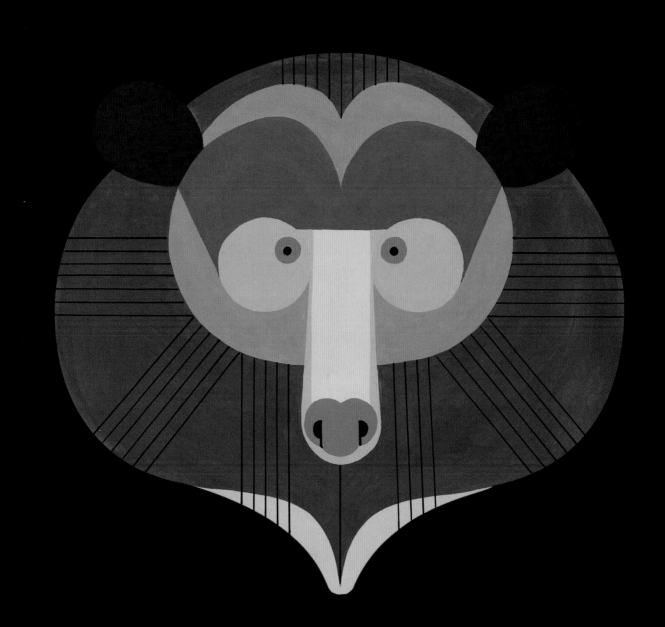

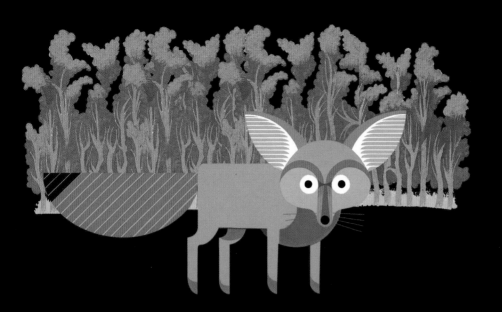

Es un curioso zorrito,
siempre ágil y muy despierto,
orejón desde chiquito,
sabe andar en el desierto.

Fenec

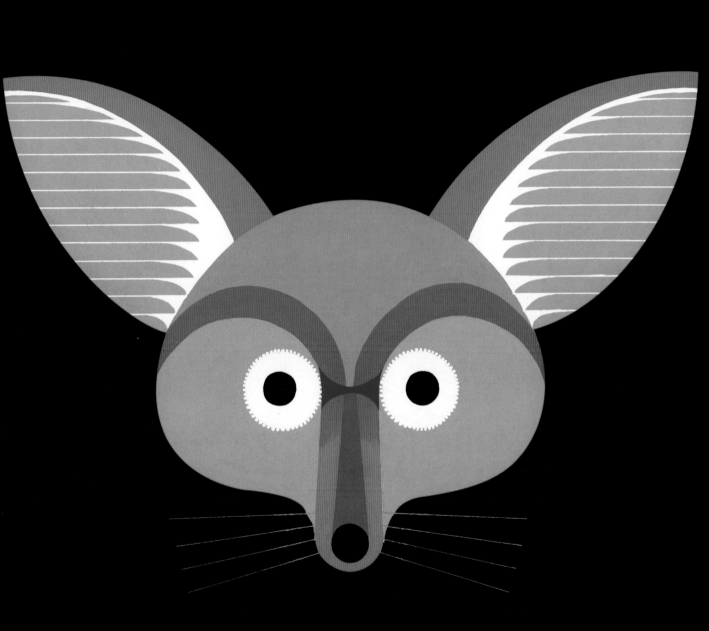

Entre arbustos y sabanas
ruge, come y se pasea.
Sólo en tierras africanas
anda libre, sin correa.

Segunda edición: 2014
Primera reimpresión: 2018

D.R. © Eduardo Bustos
D.R. © Lucho Rodríguez

D.R. © Ediciones Tecolote, S.A. de C.V.
General Juan Cano 180,
Col. San Miguel Chapultepec,
C.P. 11850, Ciudad de México
Tel. 5272 8085 / 8139
tecolote@edicionestecolote.com
www.edicionestecolote.com

COORDINACIÓN EDITORIAL: Mónica Bergna
DISEÑO: Ediciones Tecolote

ISBN: 978-607-9365-09-7
Impreso en China, 2018.